The Christmas Gift
El regalo de Navidad

Francisco Jiménez   *Illustrated by* Claire B. Cotts

sandpiper

Houghton Mifflin Harcourt
Boston • New York

To my mother, Joaquina, whose love has no limits
—F. J.

To my twin sister, Margaret
—C. C.

Text copyright © 2000 by Francisco Jiménez
Illustrations copyright © 2000 by Claire B. Cotts

A version of this story was previously published in
The Circuit: Stories from the Life of a Migrant Child.

The text of this book is set in Palatino.
The illustrations are acrylic paint on Arches watercolor paper.

Library of Congress Cataloging-in-Publication Data

Jiménez, Francisco, 1943–
The Christmas Gift / Francisco Jiménez; illustrated by Claire B. Cotts
p. cm.
Summary: His family has to move again a few days before Christmas in order to find
work, and Panchito worries that he will not get the gift he has been wanting.
ISBN-13: 978-0-395-92869-1 (hardcover) ISBN-13: 978-0-547-13364-5 (paperback)
[1. Migrant labor—Fiction. 2. Mexican American—Fiction. 3. Christmas—Fiction.]
I. Cotts, Claire, ill. II. Title.
PZ7.J57525Ch 2000
[E] — dc21
99-26224
CIP

Printed in Singapore
TWP 10 9 8 7 6

A few days before Christmas, Panchito's family decided it was time to move again.

Unos pocos días antes de la Navidad, la familia de Panchito decidió que era tiempo de mudarse otra vez.

Panchito did not mind too much. Miguelito, his friend, had left two weeks before. Besides, it had rained most of the time they had been in Corcoran, picking cotton, and Papá, Mamá and Roberto, Panchito's older brother, had gone days without work.

A Panchito no le molestó demasiado. Su amigo, Miguelito, ya se había ido dos semanas

antes. Además, había llovido casi todo el tiempo que habían vivido en Corcoran, piscando

algodón, y Papá, Mamá y Roberto, su hermano mayor, habían pasado días sin poder trabajar.

Sometimes, in the evenings, Panchito and Mamá had to go into town in their beat-up black jalopy, looking for food in the trash behind grocery stores. They picked up fruits and vegetables that had been thrown away because they were partly spoiled.

A veces, por la tarde, Panchito y Mamá tenían que ir al pueblo en su carcachita a buscar comida detrás de las tiendas de comestibles, donde tiraban a la basura frutas y legumbres que empezaban a echarse a perder.

Mamá sliced off the rotten parts and made soup with the good vegetable pieces, mixing them with bones she bought at the butcher shop. She made up a story and told the butcher the bones were for the dog. The butcher must have known that the bones were for a family and not a dog because he left more and more pieces of meat on the bones each time Mamá went back to buy some.

Mamá cortaba la parte mala de las legumbres, y con la parte buena hacía caldo, cociéndolas con huesos que le compraba al carnicero. Ella le decía que los huesos eran para el perro, pero parece que el carnicero sabía que los huesos eran para la familia y no para el perro porque dejaba más y más carne en los huesos cada vez que Mamá volvía a comprar.

As they were packing to leave, a young couple came to their door. *"Pasen,"* Papá said, inviting them in. The man wore a blue faded jacket and khaki pants, mended at the knees. His young wife had on a simple brown cotton dress and a gray wool sweater, worn at the elbows and buttoned in the front. Taking off his cap, the man said, "We're sorry to bother you, but you know, with all this rain, and my wife expecting a baby . . . well, we thought . . . perhaps you could help us out a little bit."

Cuando estaban empacando para salir, una pareja joven tocó a la puerta. —Pasen, —dijo Papá, invitándolos a entrar. El hombre iba vestido de chaqueta azul, desteñida y de pantalones de color kaki, remendados en las rodillas. Su esposa llevaba un vestido sencillo de algodón color café y un suéter de lana gris, roto en los codos y abotonado al frente. Quitándose la cachucha, el joven dijo: —Perdonen la molestia, pero ustedes saben, con toda esta lluvia y mi mujer encinta… pues, pensamos… quizá ustedes pudieran ayudarnos un poquito.

He reached into a paper bag he was carrying and pulled out a wallet. "Perhaps you could give us fifty cents for this? Look, it's pure leather; almost brand-new," he said, handing it to Papá.

Shaking his head, Papá replied, "I am sorry. I wish I could, *paisano*, but we're broke too."

When Panchito heard his papá say this, he panicked. *"Broke?* But not like last year," he thought. "No, this time Papá and Mamá will have enough money to get me a ball for Christmas." Ever since he was six, Panchito had wanted a red ball—a ball to toss in the air, to catch, to twirl, then to drop and watch as it bounced up and down. At school he would pretend one of the balls belonged to him, but the black number on it always reminded him that it belonged to his classroom.

Buscó en la bolsa de papel que llevaba y sacó una cartera. —¿Tal vez ustedes nos pudieran hacer el favor de darnos cincuenta centavos por esta carterita? Mire, es de pura piel, casi nuevecita —dijo, entregándosela a Papá.

Moviendo la cabeza, Papá le contestó: —Lo siento mucho. Ojalá pudiéramos, paisano, pero nosotros también estamos amolados.

Cuando Panchito le oyó decir esto a Papá, se aterró.

"¿Amolados? Pero no puede ser como el año pasado", pensó. Desde que tenía seis años, Panchito había querido siempre tener una pelota roja —una pelota para lanzar al aire, atraparla, hacerla girar, luego dejarla caer y verla rebotar, una y otra vez. En la escuela él se hacía la ilusión de que una de las pelotas era suya, pero el número pintado de negro en la pelota, siempre le recordaba que ésta pertenecía a la escuela.

"Please, how about twenty-five cents?" The man was still holding out the wallet to Papá. Before Papá could answer, the man quickly pulled out from the bag a white embroidered handkerchief and said, "How about ten cents for this 'handkerchief? Please. My wife did the needlework on it."

"I am very sorry," Papá repeated.

"It's beautiful," Mamá said, gently placing her hand on the woman's fragile shoulder. "May God bless you."

Papá then walked the couple out the door and partway to the next cabin, where they continued trying to sell their few belongings.

—Por favor, ¿qué tal veinticinco centavos? El joven todavía le extendía la cartera a Papá. Antes de que Papá pudiera contestarle, el joven sacó rápidamente de la bolsa un pañuelo blanco bordado y dijo: —Mire, le dejo este pañuelito por diez centavos. Por favor. Lo bordó mi mujer.

—Lo siento mucho, —repitió Papá.

—Es hermoso, —dijo Mamá, poniendo ligeramente la mano sobre el hombro frágil de la mujer, y añadió, —Que Dios los bendiga.

Entonces Papá salió con ellos a la puerta y los acompañó hasta la cabaña cercana, donde continuaron tratando de negociar sus pocas pertenencias.

After Panchito's family finished packing and loading the cardboard boxes in their jalopy, Papá threw the mattress on top of the car and tied it with ropes to the front and rear bumpers. He then closed the door to the cabin, and they headed north.

They were leaving only three weeks after Panchito had enrolled in elementary school. As they drove by the school, Panchito saw his friends on the playground. He imagined playing with them with the red ball he would be given for Christmas. He waved to them, but they did not see him.

Después de terminar de empacar y de cargar todo en la carcachita, Papá echó el colchón sobre la capota del carro y lo amarró a los parachoques con sogas. Cerró la puerta de la cabaña y salieron hacia el norte.

Se mudaban cuando apenas hacía tres semanas que Panchito se había matriculado en la escuela primaria. Al pasar frente a la escuela, Panchito vio a sus amigos en el patio de recreo. Se imaginó jugando con ellos con la pelota roja que iba a tener en la Navidad. Les hizo señas con la mano, pero no lo vieron.

After stopping at several places and asking for work, Papá found a rancher who still had a few cotton fields to be picked. He offered them work and a tent to live in. It was one of many dark green tents lined up in rows.

Después de detenerse en diferentes lugares para pedir trabajo, Papá encontró a un agricultor que todavía tenía unos pocos sembrados de algodón para piscar. Les ofreció trabajo y una carpa donde vivir. Era una de muchas carpas de color verde oscuro agrupadas en hileras.

They unloaded the car, placed some cardboard on the dirt floor, and laid their wide mattress on it. All of them—Papá, Mamá, Roberto, and Panchito's younger brothers, José and Juan Manuel, and his baby brother, Rubén—slept on the mattress to keep warm, especially during chilly nights when the freezing wind pierced the canvas walls of their new home.

The closer Christmas drew, the more anxious and excited Panchito became.

Descargaron la carcachita. Pusieron algunos cartones sobre el suelo y tendieron sobre ellos su amplio colchón. Toda la familia —Papá, Mamá, Roberto, Panchito y sus hermanos menores, José y Juan Manuel, y su hermanito bebé, Rubén,— dormía en el colchón para defenderse del frío, especialmente durante las noches de helada cuando el viento azotaba las paredes de lona de su nuevo hogar.

A medida que la Navidad se acercaba, Panchito se sentía más y más ansioso y entusiasmado.

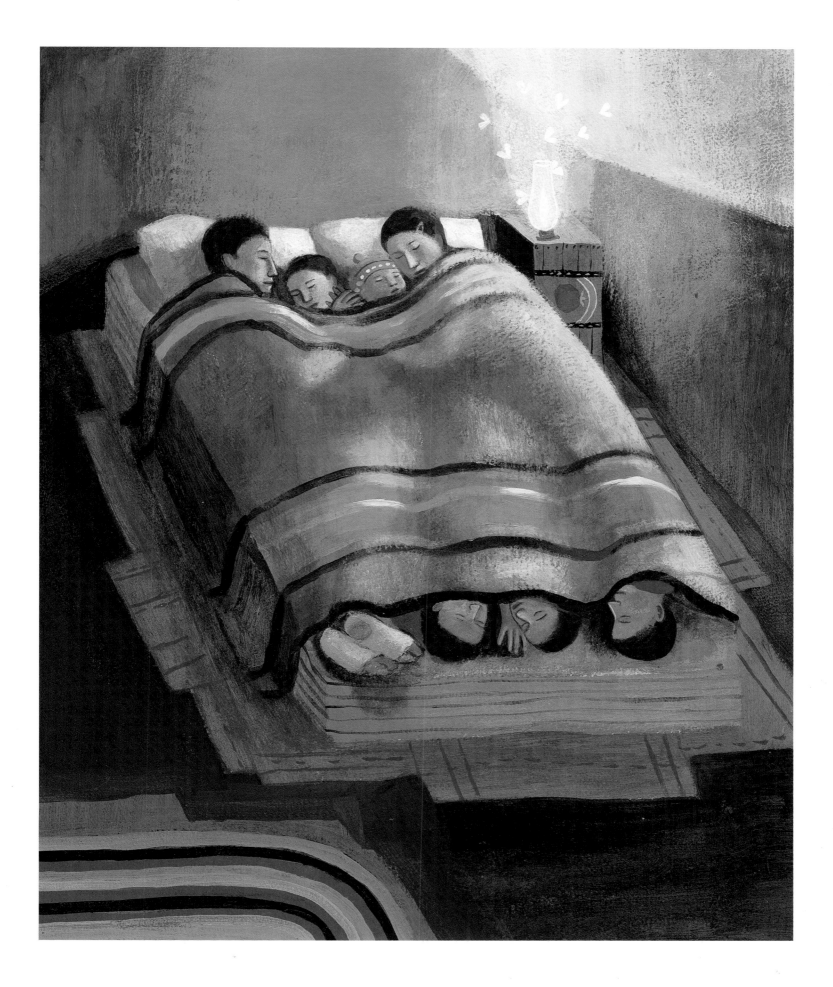

When December twenty-fourth finally arrived, time seemed to stand still. "One more day," Panchito thought.

That evening, after supper, Panchito's family sat on the side of the mattress and listened to Mamá tell the story of how Jesus was born and how the Three Wise Men traveled so far to bring Him gifts. Panchito only half-listened. He wanted the evening to end quickly and for morning to come. Finally, sleep overcame his brothers and they all huddled together and covered themselves with army blankets. Panchito could not sleep thinking about Christmas. Once in a while, Papá's words, *but we're broke too,* entered his mind, but he pushed them out by daydreaming of playing with his very own ball.

Cuando por fin llegó el veinticuatro de diciembre, le pareció que el tiempo se detenía. "Un día más", Panchito pensaba.

Esa noche, después de la cena, todos se sentaron en los lados del colchón y escucharon a Mamá contarles la historia del nacimiento del niño Jesús y de la llegada de los Tres Reyes Magos que viajaron desde muy lejos para traerle regalitos. Panchito apenas escuchaba a medias. Quería que esa víspera pasara pronto y que llegara la mañana. Por fin el sueño venció a sus hermanitos y todos se acostaron, amontonándose y cubriéndose con cobijas viejas. Panchito no podía dormir pensando en la Navidad. De vez en cuando, las palabras de Papá, "pero nosotros también estamos amolados", venían a su mente, pero él las rechazaba soñando con su propia pelota.

Thinking the whole family was asleep, Mamá quietly slipped out of bed and lit the kerosene lamp. Panchito covered his head with the blanket and through a hole in it, he watched her, trying to see what gifts she was going to wrap. But she sat behind some wooden crates that served as the table and blocked his view. Panchito could see only her weather-worn face. The shadow cast by the dim light made the circles under her eyes look even darker. As she began to wrap the gifts, silent tears ran down her cheeks. Panchito did not know why.

Creyendo que todos estaban dormidos, Mamá se levantó sin hacer ruido y encendió la lámpara de petróleo. Panchito se cubrió con la cobija y por un agujerito en ella vigilaba a Mamá, tratando de ver los regalos que iba a envolver. Pero ella se sentó detrás de un cajón de madera que les servía de mesa para comer, y le impidió verla completamente. Panchito solamente podía ver el rostro arrugado y triste de Mamá. La sombra proyectada por la luz débil hacía parecer sus ojeras más marcadas y aún más oscuras. Cuando empezó a envolver los regalos, corrían por sus mejillas lágrimas silenciosas. Panchito no sabía por qué.

At dawn, Panchito and his brothers hurriedly got up to get their presents that were placed next to their shoes. Panchito picked up his, placed it on his lap, then squeezed it with both hands. It felt hard. He nervously tore the butcher paper wrapping. When he opened the box and looked inside he was dumbfounded: it was a bag of candy. Roberto, José, and Juan Manuel looked sadly at Panchito and at one another. They, too, had received a bag of candy. Trying to search for words to tell Mamá how he felt, Panchito looked up at her. Her eyes were full of tears.

Al amanecer, Panchito y sus hermanitos se apresuraron a levantarse para tomar sus regalos que estaban cerca de los zapatos. Panchito cogió el suyo, lo colocó en el regazo y luego lo apretó con las dos manos. Se sentía duro. Rompió nerviosamente el papel que lo envolvía. Cuando abrió la cajita y vio lo que estaba adentro, se quedó pasmado: era un paquete de dulces. Roberto, José y Juan Manuel tenían miradas tristes. Cada uno de ellos también había recibido un paquete de dulces. Buscando la manera de expresarle a Mamá lo que él sentía, Panchito la miró. Los ojos de ella estaban llenos de lágrimas.

Papá, who was standing next to her, lifted the corner of the mattress and pulled out from underneath the white embroidered handkerchief. He tenderly wiped her eyes with it and handed it to her, saying, *"Feliz Navidad, vieja."*

Panchito saw Mamá's eyes light up when she saw her gift. She looked so pleased, so joyful, just as she had when his baby brother, Rubén, was born.

Papá, que estaba de pie cerca de ella, levantó una de las esquinas del colchón y sacó de allí debajo el pañuelo blanco bordado. Tiernamente, le enjugó los ojos con el pañuelo y se lo entregó a Mamá diciéndole: —Feliz Navidad, vieja.

Panchito vio que los ojos de Mamá se iluminaron al ver su regalo. Él la veía tan alegre, tan contenta como el día en que nació su hermanito Rubén.

Panchito took a deep breath, then opened his bag of candy. He reached in and gave a candy first to Mamá, then to Papá. He hugged them both and said *"Gracias."*

Panchito suspiró profundamente. Abrió el paquete de dulces y le dio primero un dulce a Mamá, después otro a Papá. Luego abrazó a los dos, al mismo tiempo que les decía—Gracias.

Author's Note

Most of us have a favorite Christmas story to tell, one that we have read, heard, or experienced. *The Christmas Gift* is a true story. Like all of my short stories, it is based on an experience I had as a child many years ago. It took place in a farm labor tent camp in Corcoran, California. My family had moved to Corcoran that winter to pick cotton, after having picked grapes in Selma. It was a very difficult winter. It rained day after day, and we went weeks without work because we were not allowed to pick when the cotton was wet. Our family, like many other migrant families living in that labor camp, struggled to make ends meet. Some people, like the couple I describe in this story, sold whatever items they could to buy food. I recall that young couple as vividly as I remember my mother's face that Christmas Eve when she wrapped our gifts. And every December twenty-fifth I recall that experience, that special Christmas gift.

Nota del Autor

La mayoría de nosotros tiene un historia navideña favorita que contar, una que hemos leído, escuchado o vivido. "El regalo de Navidad" es una historia verdadera. Como todos mis cuentos, está basada en una experiencia inolvidable que tuve cuando era niño hace muchos años. Ocurrió en Corcoran, California, en un campamento de carpas para trabajadores campesinos. Mi familia se había mudado a Corcoran ese invierno para piscar algodón, después de haber piscado uvas en Selma. Fue un invierno muy duro. Llovió constantemente y pasamos días sin poder trabajar porque no nos permitían piscar algodón cuando estaba mojado. Mi familia, como muchas otras familias campesinas en ese campamento, luchaba contra el hambre. Algunas familias, como la pareja que describo en "El regalo de Navidad", vendían lo que podían para comprar provisiones. Me acuerdo de esa pareja tan bien como recuerdo la cara de mi mamá esa Nochebuena cuando envolvía nuestros regalos. Y cada veinticinco de diciembre recuerdo esa experiencia, ese regalo navideño especial.